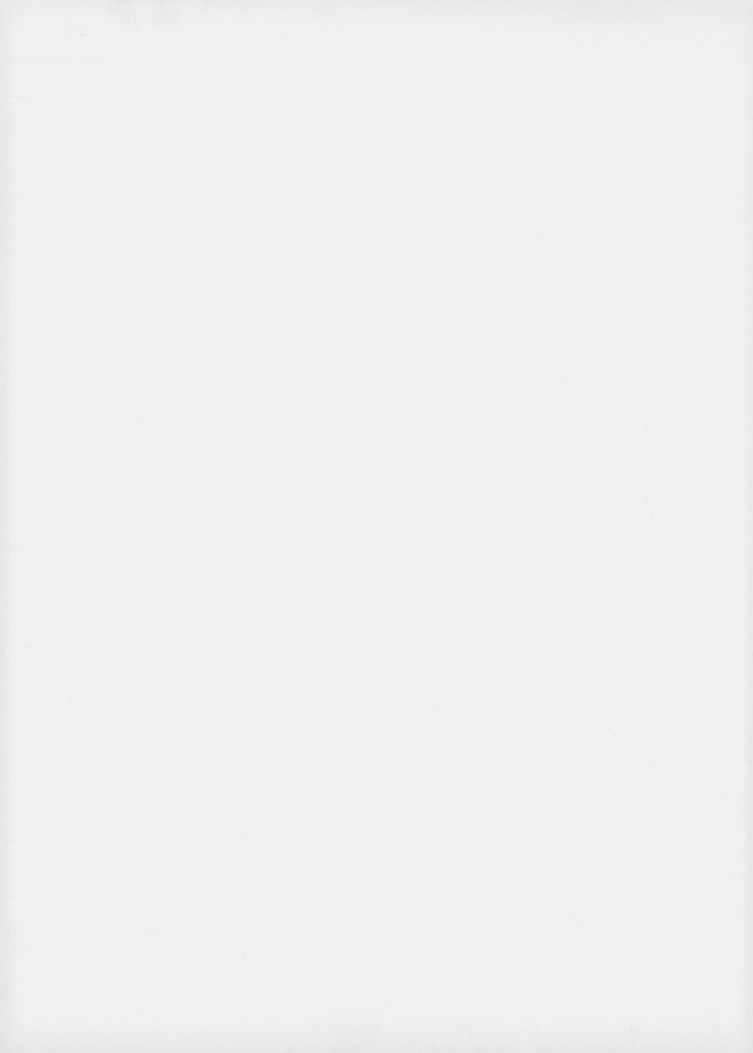

BLANCA ES LA MORA

De **George Shannon**

Ilustraciones de **Laura Dronzek**

entreLibros

Para todos los pintores que me han ayudado a ver.

- G. S.

Para mi madre.

- L. D.

Título original: White is for Blueberry
Texto copyright © 2005 by George W. B. Shannon
Ilustraciones © 2005 by Laura Dronzek
Published by arrangement with HarperCollins Children's Books, a division of HarperCollins Publishers
© 2006 Editorial entreLIbros, S.L. edición en castellano para todo el mundo
Traducción: Alberto Jiménez Rioja

Primera edición: Febrero 2006

Printed in Spain - Impreso en España
ISBN: 84-96517-13-6

Impreso en Limpergraf, S.L.

ROSA

es el cuervo . . .

cuando acaba

de salir del huevo.

NEGRA

es

la

amapola . . .

**cuando miramos
en su interior.**

ROJAS

son las hojas . . .

**cuando las arrastra
la brisa del otoño.**

VERDES

son los nabos . . .

cuando miramos

el campo del granjero.

PÚRPURA

es

la

nieve . . .

cuando la nieve es nuestra sombra.

BLANCA

es la mora . . .

cuando es demasiado tierna

para ser recogida.

AZUL

es

la

llama . . .

**cuando brilla
en el extremo de una vela.**

AMARILLO

es el pino . . .

cuando lo cortan en tablones.

MARRÓN

es el boniato ...

BONIATO

cuando está aún dentro de su piel.

NARANJA

es el cielo . . .

cuando el sol

se pone al atardecer.

Todo depende de cuándo miramos...
A qué distancia...

si miramos al exterior

o al interior.